W9-CFO-848

Los animalitos

Caroline Young

Ilustraciones: Ian Jackson

Diseño: Andy Dixon
Redacción: Kamini Khanduri
Traducción: Pilar Dunster

DISCARDED
Goshen Public Library

Sumario

Directora de la colección: Felicity Brooks
Asistencia editorial: Rosie Heywood
Asesoría científica: David Duthie

Agradecimentos a Xavier Queipo

Introducción

Podrás reconocer a los que viven cerca y dentro de nuestras casas en las páginas 4 y 5.

Mira dentro de la ingeniosa madriguera de esta araña del desierto en las páginas 6 y 7.

Esta cucaracha vive en Madagascar y produce un ruido extraño. Averigua cuál es en las páginas 8 y 9.

En este libro vas a descubrir insectos y otros pequeños animales de todas clases y de todos los rincones del mundo. Si miras bien, encontrarás escarabajos, mariposas, arañas, caracoles y babosas, además de cientos de orugas y larvas. Esto es lo que tienes que hacer.

En cada ilustración hay unos 100 animales. En la realidad sería imposible encontrar tantos en el mismo lugar y al mismo tiempo.

Alrededor de cada ilustración central hay una serie de dibujos. Son muestras de lo que tienes que buscar.

La explicación junto a cada dibujo te indica el número de ejemplares de cada animal que tienes que buscar en la ilustración.

Este cangrejo que se está saliendo de la ilustración también cuenta como uno de los dibujos del margen.

Aunque la araña está a punto de comerse al mosquito, éste también cuenta para el total.

Este trozo del ala de una mariposa cuenta como una mariposa completa.

Algunos animalitos se ven enseguida, pero otros no son tan fáciles de encontrar porque son muy pequeños o porque se confunden con su entorno. Si no consigues descubrirlos todos, encontrarás las respuestas en las páginas 28-31.

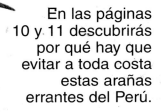

En las páginas 10 y 11 descubrirás por qué hay que evitar a toda costa estas arañas errantes del Perú.

Esta bonita polilla emperador vive entre los eucaliptos de Australia. Para conocer a sus vecinos mira en las páginas 12 y 13.

Las abejas obreras son muy trabajadoras. Descubre qué hacen en la colmena de la página 25.

Entre las termitas la reina es mucho más grande que las demás. En la página 24 puedes ver a una reina dentro de su termitera.

Los insectos asesinos de Sudáfrica son muy peligrosos en grupo. Verás por qué en las páginas 22 y 23.

Algunas sorpresas

En cada ilustración encontrarás escondido a uno de estos animales. Las páginas 8-9, 20-21 y 24-25 tienen dos ilustraciones y hay un animal escondido en cada una.

Cerdo hormiguero

Orangután

Ratón

Kudú

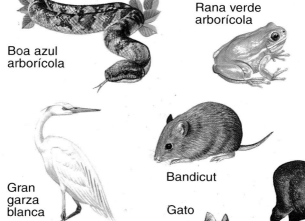

Boa azul arborícola

Rana verde arborícola

Erizo

Caimán

Lémur de cola anillada

La migala cazapájaros peluda vive en el corazón de la selva. Páginas 20 y 21.

Gran garza blanca

Bandicut

Gato

Tapir

Lechuza de las madrigueras

Recién nacidos

A los insectos recién nacidos se les llama ninfas o larvas y normalmente no se parecen a sus padres. Mira cómo crece y cambia una libélula.

Adulto en vuelo

El saltamontes marismeño vive en las marismas de Florida. Lo encontrarás en las páginas 18 y 19.

Las libélulas ponen sus huevos en el agua o cerca de ella. De cada huevo sale una ninfa.

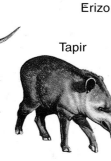

Ninfa

A medida que la ninfa va creciendo cambia de piel. Cuando hace la última muda ha llegado al estado adulto.

El adulto emerge.

El caracol de charca ayuda a todos sus vecinos de charca. Descubre cómo en las páginas 14 y 15.

En los bosques encuentran refugio centenares de animalitos. Verás algunos en las páginas 16 y 17.

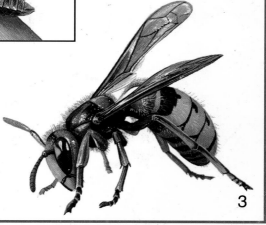

3

En casa y en el jardín

No todos los insectos y animalitos viven en lugares remotos. Muchos habitan parques y jardines. Algunos viven muy cerca o incluso dentro de nuestras casas. En esta ilustración de una casa de Inglaterra encontrarás 158.

Los caracoles dejan un rastro viscoso. Es fácil seguirles la pista. ¿Puedes dar con el paradero de diez?

Casi todas las pulgas se alimentan de la sangre de otros animales. Algunas incluso de sangre humana. Busca diez.

Las arañas de jardín hembras son más grandes que el macho, al que devoran tras aparearse. Cuenta ocho.

La boca de la mosca doméstica absorbe los líquidos como si fuera una esponja. ¿Ves diez?

Polilla bermellón

Oruga

Al contrario que la mayoría de las polillas, esta polilla bermellón vuela durante el día. Busca siete polillas y seis orugas.

Las crisopas duermen en un lugar cálido en invierno y durante ese tiempo se vuelven de color marrón. ¿Ves 14?

Las cucarachas tienen el cuerpo aplanado y se pueden colar por cualquier rendija para esconderse. Busca 11.

Macho

Mariposa azul común hembra

Sólo el macho de la mariposa azul común es completamente azul. Busca cuatro de cada.

La abeja guarda el polen de las flores en los saquitos que tiene en las patas traseras. Cuenta diez.

La araña cebra se acerca a su presa sin ser vista y se avalanza sobre ella. Busca cinco.

El ciempiés no tiene tantas patas como dice su nombre. Busca seis.

Las avispas son muy golosas y acuden a cualquier cosa dulce. Si las molestas, pican. Busca 13.

El cochero del diablo arquea el cuerpo para asustar a sus enemigos. ¿Ves seis?

La tijereta levanta la pinza de la cola cuando se asusta, pero es inofensiva. Busca nueve.

Pinza

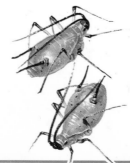

Los pulgones verdes chupan la savia de las plantas para alimentarse. Cuenta 17.

La chinche espumadora produce una mezcla de burbujas y saliva para esconderse. Busca ocho.

5

Entre los cactus

Aunque el seco desierto del norte de México no parezca muy acogedor, es la morada de miles de animalitos. Muchos pasan las horas más calurosas del día en madrigueras subterráneas.

La migala "rodillas rojas" mexicana se alimenta de pájaros. Algunas personas la tienen como mascota. Busca cuatro.

El saltamontes pintado tiene estos bonitos colores de forma natural. Encuentra diez.

La hormiga recolectora recoge semillas y las almacena bajo tierra. Cuenta 15.

El escarabajo hércules es uno de los insectos más grandes del mundo. ¿Ves seis?

El escorpión látigo es inofensivo. Su cola larga parece un látigo. Cuenta cinco.

La larva de la hormiga león excava hoyos en la arena y se alimenta de los insectos que caen dentro. Busca tres.

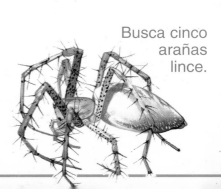

Busca cinco arañas lince.

La avispa de la tarántula deposita sus huevos sobre el cuerpo de las tarántulas. Encuentra siete.

La madriguera de la araña trampera tiene una "puerta" que la araña abre de golpe para atrapar a quien pase. Busca cuatro.

Los escorpiones pasan el caluroso día en sus guaridas y salen cuando se pone el sol. ¿Ves seis?

El ácaro rojo aterciopelado gigante sale del huevo cuando llueve. Cuenta 10.

Algunas hormigas melíferas se cuelgan del techo del nido con el abdomen lleno de miel. Busca 13.

El escarabajo vesicante te irrita la piel si lo tocas. Encuentra cuatro.

La polilla de la yuca sólo pone sus huevos en la flor de la yuca. ¿Ves cinco?

Tarántula. Busca seis.

La viuda negra del sur sólo pica si se la molesta. ¿Te atreves a buscar cuatro?

Una isla paradisíaca

En la isla de Madagascar hay animales que no existen en ningún otro lugar del mundo. Los de esta página habitan en densos bosques de clima seco. Los de la página 9 viven en la selva tropical.

Libélulas de color carmesí revolotean entre los árboles de la selva. Busca cuatro.

El platelminto rayado se arrastra por el suelo de la selva cuando ha llovido. ¿Ves cuatro?

Los gorgojos suelen tener la nariz muy larga, pero este gorgojo jirafa lo que tiene largo es el cuello. Busca cuatro.

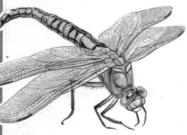

La enorme libélula emperador atrapa insectos al vuelo. Cuenta seis.

Algunos insectos palo cubren sus cuerpos de "musgo" como camuflaje. Busca tres.

La araña gasteracanta parece un bonito broche con pinchos. Teje enormes telarañas. Busca cuatro.

El miriápodo gigante puede ser venenoso. Pocos animales se atreven a comérselo. Cuenta cinco.

La ninfa de la mantis religiosa tiene uno de los mejores camuflajes. Busca cuatro.

La araña lince verde se confunde entre las plantas que la rodean. Busca cuatro.

La cochinilla de tierra no puede correr. Se hace una bola y espera a que pase el peligro. ¿Ves seis?

Los insectos alas de pétalo levantan el vuelo en grupo si un pájaro se come alguno. Cuenta 27.

Los gorgojos peludos sólo existen en Madagascar. Busca 7 de cada clase.

Las larvas del escarabajo capricornio se alimentan de madera podrida. Busca siete.

La cucaracha silbante produce un silbido al expulsar aire por dos agujeros que tiene en el abdomen. Cuenta cinco.

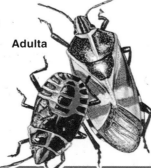

Busca cuatro chinches de bosque adultas y cuatro ninfas.

Adulta

Ninfa

Busca seis mariposas con las alas desplegadas y cinco con las alas cerradas.

Todo un espectáculo

Algunos de los insectos más bonitos viven en las húmedas selvas tropicales, pero no es nada fácil verlos. ¿Podrás encontrar 95 en este rincón de la selva amazónica del Perú?

Cuenta nueve escarabajos del follaje.

La picadura de la araña errante es tan venenosa que puede matar a una persona. ¿Ves dos?

El insecto espina engaña con su camuflaje a los pájaros hambrientos. Busca diez.

Cuando la mariposa hamadríade vuela, se puede oír el batido de sus alas. Busca cuatro.

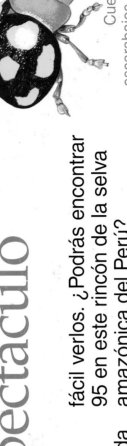

Algunos insectos asesinos tienen pinchos. Como son difíciles de masticar, tienen pocos enemigos. Busca siete.

Las orugas de la esfinge nocturna son bonitas pero no saben bien, y los pájaros las dejan tranquilas. Busca cinco.

En la selva hay muchos saltamontes multicolores. Busca tres de cada clase.

El zancudo tiene unas patas largas y delgadas que parecen zancos. Busca cinco.

Estas chinches de colores deben estar buenas porque son un manjar local. Busca seis.

El escarabajo arlequín macho protege a la hembra con sus patas delanteras. Descubre siete.

Hembra

Macho

Este saltamontes se protege quedándose quieto para que lo confundan con un palo. Busca tres.

Las chinches de la corteza son difíciles de ver porque se confunden con su entorno. ¿Ves siete?

Mariposa morfo. Busca cuatro.

El escarabajo hércules embiste con sus cuernos a otros machos rivales. ¿Ves cuatro?

La hormiga podadora se alimenta de un moho que ella misma cultiva cubriéndolo con hojas masticadas. Cuenta 16.

Entre los árboles

Toda clase de animales fascinantes habitan los espesos bosques de eucaliptos del este de Australia. Hormigas tan grandes como los dedos de tus pies patrullan el terreno y arañas venenosas acechan en sus escondrijos.

La polilla emperador sólo pone sus huevos en los eucaliptos. Busca tres.

Las larvas de la mosca tentredínida escupen un líquido amargo para defenderse. Cuenta nueve.

La hembra de la viuda negra australiana es mucho más venenosa que el macho. Busca tres.

La oruga de la polilla procesionaria deja como rastro un largo hilo de seda. Cuenta 11.

La feroz araña de Sydney teje una tela en forma de embudo y sólo se encuentra en dicha ciudad. ¿Ves cuatro?

La hormiga bulldog es la más grande y temible del mundo. Cuenta 12.

Los insectos palo gigantes abren las alas para espantar a sus depredadores. Busca cuatro.

La araña gladiadora arroja la telaraña sobre sus presas. Busca dos más.

Algunos grillos muestran los vivos colores de su espalda como defensa. Cuenta 5.

Una nube de polillas bogong puede devorar campos enteros de cereales. Busca cuatro.

La mariposa amarilla de la hierba sorbe agua de los charcos cuando hace calor. Cuenta 23.

La oruga de la polilla emperador tiene pinchos de color rojo para ahuyentar a otros animales. ¿Ves 4?

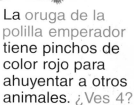

La araña volante produce dos pliegues de piel para planear en el aire. Busca cuatro.

Las orugas blancas son un manjar para los aborígenes. Las extraen de los troncos de los árboles y se las comen. Encuentra seis.

En Australia hay más de 450 clases diferentes de chinches de bosque. Busca nueve como ésta.

La mariposa monarca es capaz de volar 130 km en un solo día. ¿Ves cinco?

Un mundo acuático

Las charcas son el hogar perfecto para multitud de seres diminutos y sirven de cobijo a la prole de numerosos insectos. ¿Serás capaz de descubrir 121 animalitos en esta charca de Norteamérica?

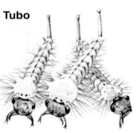

La araña pescadora desciende por las plantas hasta el agua para capturar peces, los arrastra fuera y se los come. ¿Ves ocho?

Tubo

Las larvas de los mosquitos se cuelgan debajo de la superficie y respiran por un tubo. Cuenta siete.

El notonecto nada sobre su espalda y se da impulso con las patas traseras. Busca seis.

La mosca de las piedras no vuela muy bien. Pasan el tiempo posadas cerca del agua. Cuenta nueve.

Los caballitos del diablo utilizan sus patas para agarrarse a las plantas. ¿Ves siete?

El tejedor corre velozmente por la superficie del agua. Busca ocho.

Los pescadores utilizan fríganos artificiales en sus anzuelos para pescar. Busca 6 de verdad.

14

El caracol de charca es muy útil porque se alimenta de plantas que enturbian el agua. Cuenta 11.

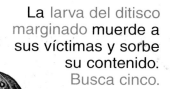

La larva del ditisco marginado muerde a sus víctimas y sorbe su contenido. Busca cinco.

El escorpión acuático se queda al acecho bajo la superficie para atrapar a los insectos que pasen. ¿Ves seis?

La ninfa de la libélula saca fuera sus mandíbulas para masticar a su presa. ¿Ves cinco?

La larva del frígano se protege con una funda de guijarros y conchas. Busca cinco.

El escarabajo girino es capaz de ver dentro y fuera del agua al mismo tiempo. Cuenta 15.

El ditisco marginado tiene fuertes patas traseras para nadar y bucear. Busca 10.

El insecto palo acuático respira a través de un tubo muy fino. ¿Puedes encontrar cinco?

La mosca de mayo adulta no come. Se aparea, pone los huevos y muere. Busca 9.

En un claro del bosque

Cuando paseas por un bosque como éste del norte de Francia, te observan miles de ojos.

Pertenecen a los diminutos pobladores de los árboles y de las plantas que alfombran el suelo.

Los machos de los ciervos volantes luchan con los cuernos, pero rara vez se hacen daño. Busca seis.

La hormiga roja ataca lanzando un chorro de ácido por el abdomen. Cuenta veinte.

La típula tiene seis patas, pero puede perder una o dos y sobrevivir. Busca ocho.

El caracol de bosque procura esconderse porque los pájaros le ven enseguida. Busca seis.

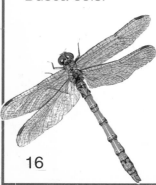

La libélula saeta revolotea entre los árboles en los claros del bosque. ¿Podrás encontrar tres?

La mosca bailarina le da a la hembra un insecto envuelto en seda cuando se aparea. Cuenta doce.

Los abejorros pasan el día volando de flor en flor recogiendo polen. ¿Ves 4?

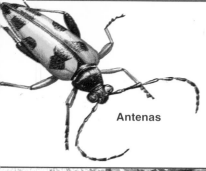

Antenas

El escarabajo capricornio no tiene cuernos, sólo dos antenas que lo parecen. Busca siete.

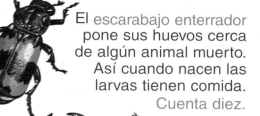

El escarabajo enterrador pone sus huevos cerca de algún animal muerto. Así cuando nacen las larvas tienen comida. Cuenta diez.

El avispón mastica corteza para hacer una pasta con la que construye su avispero. ¿Ves cuatro?

La cantidad de azul añil en las alas de una mariposa emperador depende de la luz. Busca seis.

El barrenillo de la corteza pone sus huevos en la corteza de los árboles, y sus larvas se la comen. Cuenta 11.

La babosa negra deja un rastro viscoso por donde pasa. Busca siete.

La esfinge nocturna del álamo ve en la oscuridad y vuela de noche. Cuenta cinco.

El tábano macho se alimenta de savia y la hembra de sangre de animales. Busca cuatro.

La araña cangrejo se esconde en las flores para atrapar por sorpresa a los insectos. Encuentra tres.

La vida de las marismas

Multitud de pequeños animales viven en los terrenos pantanosos de las marismas Everglades en Florida. Hay zonas de agua dulce y zonas de agua salada. Cada una alberga diferentes especies.

La tejedora dorada teje una enorme telaraña sobre el agua. Busca tres.

Huevos

El caracol ampollario sale del agua para poner sus huevos. Busca seis caracoles y tres grupos de huevos.

El pavón ío tiene unas manchas que parecen ojos. Despliega las alas para asustar a sus enemigos. Cuenta cinco.

El cangrejo violinista macho agita su enorme pinza para defenderse. Busca cinco más.

En las marismas hay grandes enjambres de mosquitos. Su picadura es muy dolorosa. Cuenta 14.

La araña saltadora. ¿Ves tres?

Los caracoles arborícolas tienen hasta 40 dibujos diferentes. ¿Ves dos de cada?

La mariposa virrey se alimenta chupando el dulce néctar de las plantas. Busca cinco.

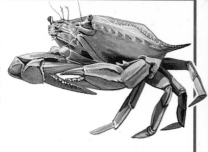

El cangrejo terrestre azul se escabulle por las raíces de los mangles. Cuenta 14.

La libélula zurcidora verde desciende sobre la superficie del agua en busca de insectos. ¿Ves cinco?

La gruesa piel del saltamontes marismeño lo protege de sus enemigos. Busca cuatro.

Las arañas pescadoras siempre encuentran comida en el pantano. ¿Ves tres?

La hembra del belóstomo acuático gigante pone los huevos sobre el lomo del macho. Busca tres machos y una hembra.

Las larvas de la mosca enana flotan en el agua y se alimentan de seres minúsculos. Busca siete larvas.

La mariposa cebra pone sus huevos en las hojas de la pasionaria. ¿Ves cuatro?

En el corazón de la selva

Las selvas del Sudeste asiático están tan animadas por la noche como durante el día. En esta página puedes ver los animales que salen durante el día y en la siguiente los que salen por la noche.

La **migala caza-pájaros peluda** se alimenta de pájaros y trepa por los árboles. ¿Ves cuatro?

El abdomen de la **luciérnaga** emite una luz intermitente. Cuenta 11.

El **escarabajo sanjuanero**. Busca siete.

La picadura del **ciempiés de color rojo** es muy dolorosa. Encuentra cinco.

La **mariposa nocturna atlas** es la más grande del mundo. ¿Ves tres?

Multitud de **caracoles** se deslizan por la selva. Busca tres de cada clase.

El **escarabajo cerambícido** usa sus singulares antenas para explorar la selva. ¿Ves cinco?

Las **polillas loepa** no tienen trompa. Viven durante tan poco tiempo que no necesitan comer. Busca cuatro.

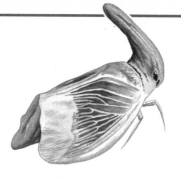

El insecto fulgor se llama así porque revolotea cerca de la luz. Cuenta diez.

El miriápodo de cuerpo plano come hongos que crecen en los árboles. ¿Ves cinco?

Estas chinches de bosque saben tan mal que no se las come ningún animal. ¿Ves siete?

Al escarabajo irisado le gusta tomar el sol encima de las hojas. Cuenta ocho.

Las termitas van de un lado para otro por el suelo de la jungla. Busca 16.

Las chicharras macho "cantan" con una zona de la barriga. Busca cinco.

Con las alas extendidas la mariposa alas de pájaro es tan grande como una mano. ¿Ves 4?

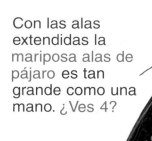

La hormiga tejedora construye su nido pegando hojas con saliva. Encuentra 12.

La araña nefila teje una telaraña de color amarillo pálido. Cuenta cuatro.

Minisafari africano

Mucha gente hace safaris en África para ver de cerca a los animales salvajes. Pero no se fijan en los miles de insectos que también viven allí. A ver si encuentras 118 en este rincón de Sudáfrica.

El escarabajo rinoceronte macho tiene un cuerno como el del rinoceronte. ¿Ves cinco?

La mosca tsé-tsé chupa la sangre de otros animales con su trompa. Cuenta diez.

Mariposa cola de golondrina

Oruga

La oruga de la mariposa cola de golondrina agita unos cuernecillos que despiden mal olor. Busca 5 orugas y 3 mariposas.

La avispa albañil pone orugas en su avispero para que se alimenten sus larvas. Busca cinco.

El caracol terrestre africano es el caracol más grande del mundo. ¿Ves cuatro?

Los insectos asesinos africanos se agrupan para matar a otros insectos. Busca cinco.

El escarabajo capricornio penetra en los troncos de los árboles royendo la madera. Busca siete.

La cometa africana nocturna enseña las manchas en forma de ojos de las alas para defenderse. Busca tres.

Los insectos colgantes se cuelgan de las ramas con sus largas patas. Cuenta ocho.

La mariposa monarca come plantas que dan a su carne un sabor desagradable. Busca cuatro.

El escarabajo necrófago come estiércol y restos de animales muertos. Cuenta 21.

El escarabajo bombardero lanza un ácido corrosivo por el abdomen. ¿Ves cuatro?

Polilla procesionaria. Busca tres.

Las orugas de la polilla procesionaria marchan formando una larga hilera. Cuenta diez.

La mosca de ojos pedunculares tiene unos ojos que parecen bastoncillos. Busca cuatro.

Una nube de langostas puede devorar un campo sembrado en pocas horas. Cuenta 11.

La mantis religiosa agita las alas posteriores como defensa si la molestan. ¿Ves seis?

23

El termitero

Las termitas son insectos que viven en grandes comunidades. Construyen un montículo con barro, saliva y estiércol, y hacen su nido en el interior. La ilustración muestra el interior de un termitero.

Termitero

La reina de las termitas es la única que pone huevos: más de 30.000 por día. ¿Ves a la reina?

La única misión del rey de las termitas es fecundar a la reina. ¿Ves al rey?

Obrera

Huevos

Las termitas obreras transportan los huevos a las cámaras de incubación. Busca cuatro cámaras de incubación.

Obrera

Larvas

De los huevos salen unas larvas de color blanquecino que las obreras cuidan. Cuenta 23 larvas.

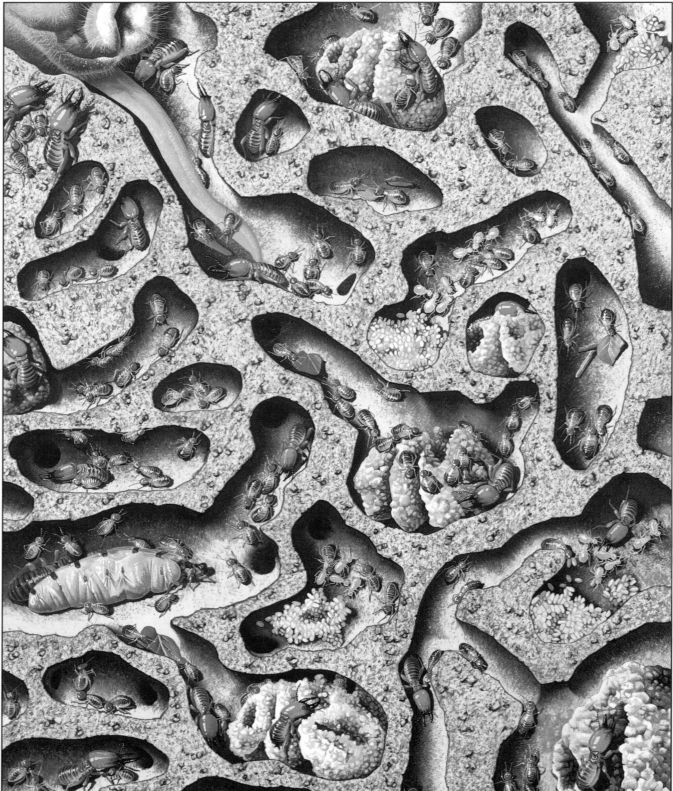

Las termitas soldados defienden el nido picando y lanzando un líquido irritante. Cuenta 20.

Las obreras transportan hojas en la boca para el nido. Busca siete llevando hojas.

Las termitas se alimentan de hongos que cultivan en cámaras de hongos. Busca seis.

La colmena

Las abejas recogen el néctar y el polen de las flores. Se alimentan del polen y transforman el néctar en miel. Hay personas que se dedican a criar abejas en colmenas.

Colmena

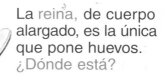

La reina, de cuerpo alargado, es la única que pone huevos. ¿Dónde está?

Los zánganos son abejas macho. Después de fecundar a la reina son expulsados de la colmena. ¿Ves siete?

Alrededor de la reina para protegerla.

Llevando polen en sus patas traseras.

Dando de comer a las larvas para que crezcan.

Las abejas obreras hacen varios trabajos. Busca tres obreras haciendo cada una de estas tareas.

Las abejas construyen celdas de cera en la colmena. A ver si encuentras estas celdas.

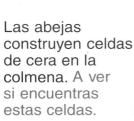

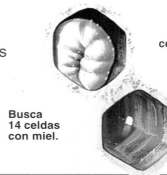

Busca 14 celdas con miel.

Busca 17 celdas con larvas.

Busca 12 celdas con huevos.

Busca 10 celdas con polen.

A veces las abejas obreras alimentan a otras con la boca. ¿Ves una haciéndolo?

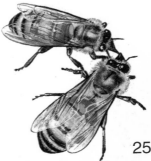

La vuelta al mundo

En este mapa del mundo se indican los lugares donde habitan los diferentes animales que has visto en el libro.

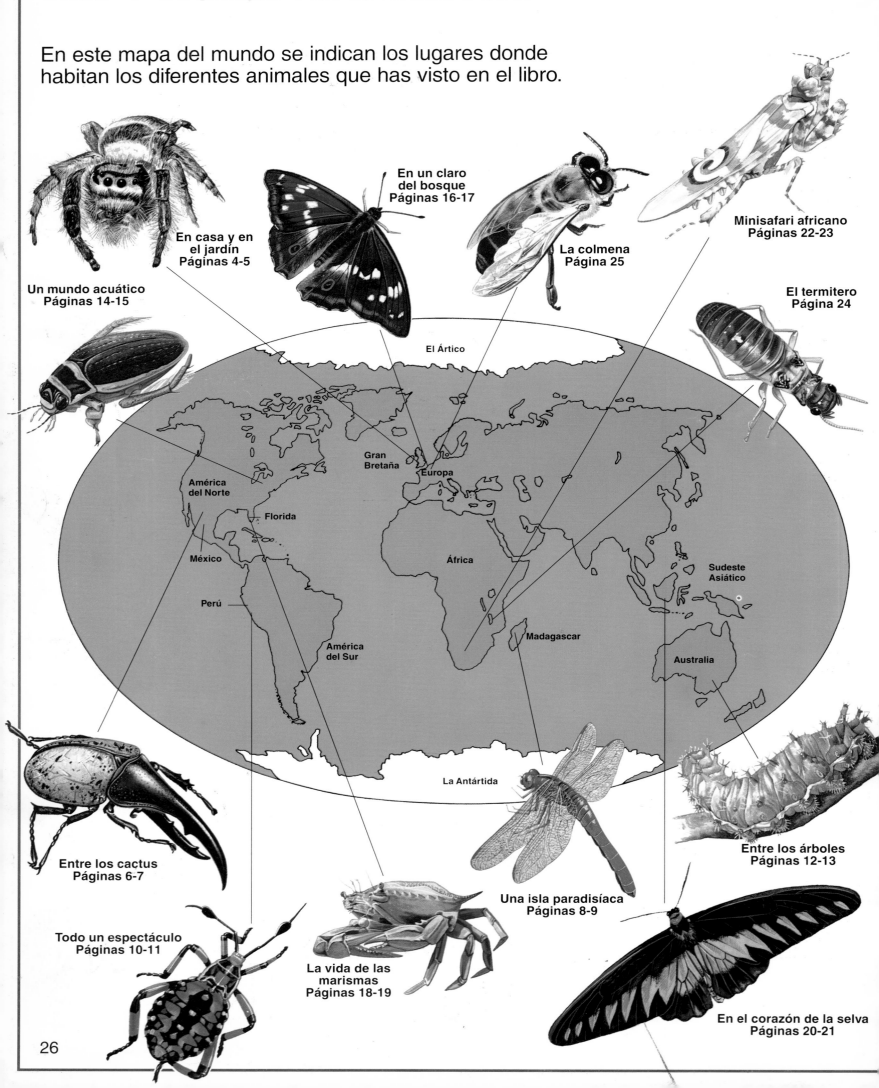

En un claro
del bosque
Páginas 16-17

Minisafari africano
Páginas 22-23

En casa y en
el jardín
Páginas 4-5

La colmena
Página 25

El termitero
Página 24

Un mundo acuático
Páginas 14-15

El Ártico

Gran
Bretaña

Europa

América
del Norte

Florida

África

Sudeste
Asiático

México

Perú

América
del Sur

Madagascar

Australia

La Antártida

Entre los árboles
Páginas 12-13

Entre los cactus
Páginas 6-7

Una isla paradisíaca
Páginas 8-9

Todo un espectáculo
Páginas 10-11

La vida de las
marismas
Páginas 18-19

En el corazón de la selva
Páginas 20-21

¿Tienes buena memoria?

Ya has visto a todos estos insectos y animalitos en el libro. Pon a prueba tu memoria tratando de contestar a las preguntas. Si quieres, puedes consultar la página donde aparecieron o comprobar tus respuestas en la página 32.

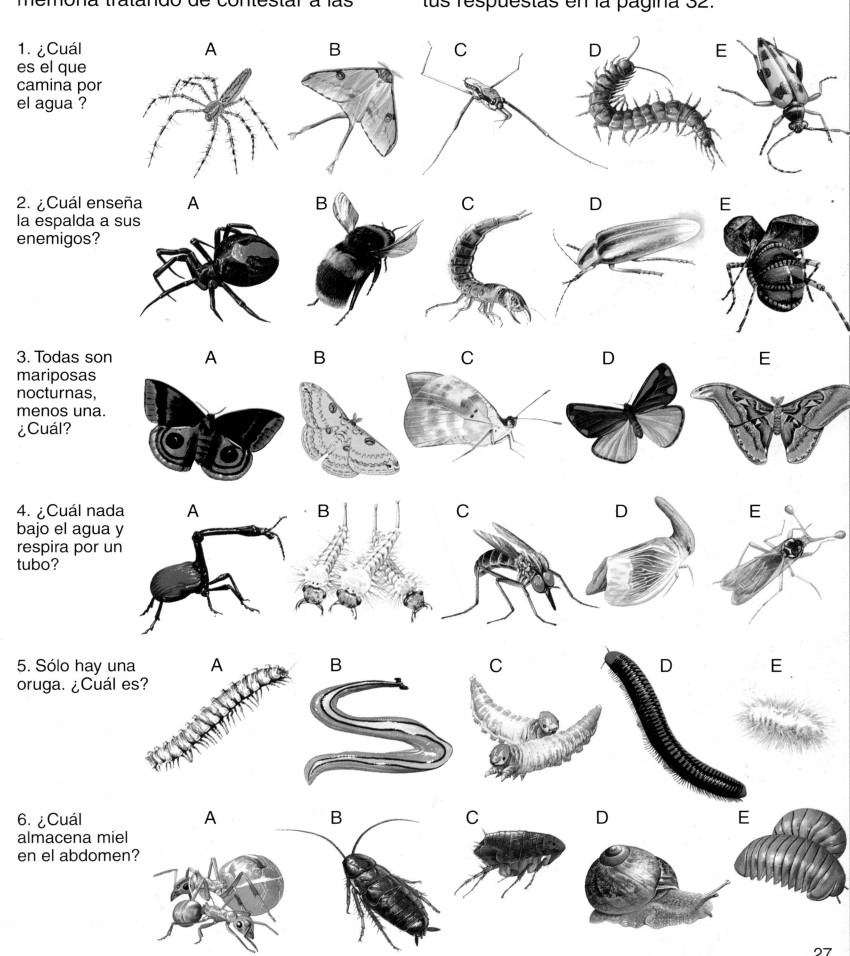

1. ¿Cuál es el que camina por el agua? A B C D E

2. ¿Cuál enseña la espalda a sus enemigos? A B C D E

3. Todas son mariposas nocturnas, menos una. ¿Cuál? A B C D E

4. ¿Cuál nada bajo el agua y respira por un tubo? A B C D E

5. Sólo hay una oruga. ¿Cuál es? A B C D E

6. ¿Cuál almacena miel en el abdomen? A B C D E

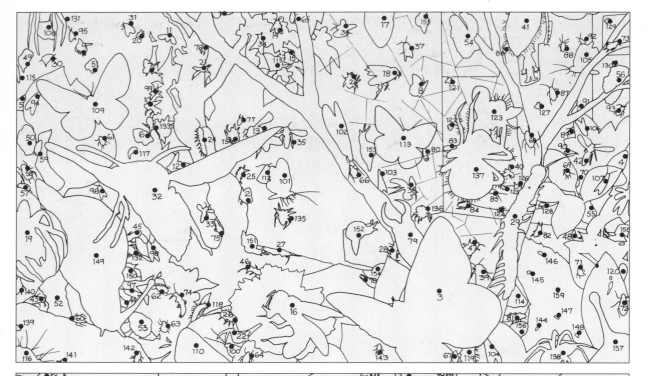

En casa y en el jardín 4-5

Mariposa azul
común macho
1 2 3 4
hembra 5 6 7 8
Abeja 9 10 11 12
13 14 15 16 17
18
Araña cebra 19
20 21 22 23
Ciempiés 24 25
26 27 28 29
Avispa 30 31 32
33 34 35 36 37
38 39 41 41 42
Cochero del
diablo 43 44 45
46 47 48
Chinche
espumadora 49
50 51 52 53 54
55 56
Pulgón verde 57
58 59 60 61 62
63 64 65 66 67
68 69 70 71 72
73
Tijereta 74 75 76
77 78 79 80 81
82
Cucaracha 83 84
85 86 87 88 89

90 91 92 93
Crisopa 94 95 96
97 98 99 100
101 102 103
104 105 106
107
Polilla bermellón
108 109 110
111 112 113
114
Oruga 115 116
117 118 119
120
Mosca doméstica
121 122 123
124 125 126
127 128 129
130
Araña de jardín
131 132 133
134 135 136
137 138
Pulga 139 140
141 142 143
144 145 146
147 148
Caracol 149 150
151 152 153
154 155 156
157 158
Gato 159

Entre los cactus 6-7

Avispa de la
tarántula 1 2 3 4
5 6 7
Araña trampera 8
9 10 11
Escorpión 12 13
14 15 16 17
Ácaro rojo
aterciopelado
gigante 18 19
20 21 22 23 24
25 26 27
Hormiga melífera
28 29 30 31 32
33 34 35 36 37
38 39 40
Escarabajo
vesicante 41 42
43 44
Viuda negra 45 46
47 48
Tarántula 49 50
51 52 53 54
Polilla de la yuca
55 56 57 58 59
Araña lince 60 61
62 63 64
Larva de la
hormiga león 65
66 67

Escorpión látigo
68 69 70 71 72
Escarabajo
hércules 73 74
75 76 77 78
Hormiga
recolectora 79
80 81 82 83 84
85 86 87 88 89
90 91 92 93
Saltamontes
pintado 94 95
96 97 98 99 100
101 102 103
Migala "rodillas
rojas" 104 105
106 107
Lechuza de las
madrigueras
108

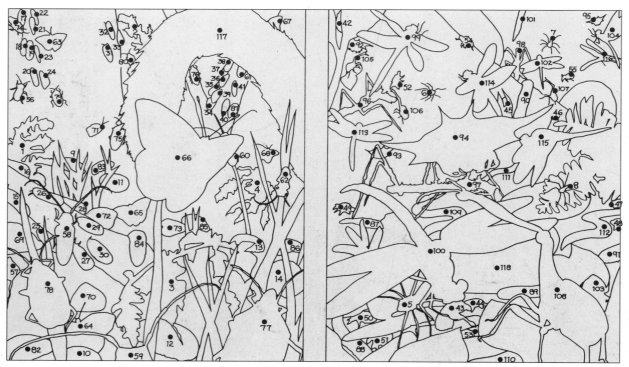

Una isla paradisíaca 8-9

Ninfa de la mantis
religiosa 1 2 3 4
Araña lince 5 6 7 8
Cochinilla de
tierra 9 10 11 12
13 14
Insecto alas de
pétalo 15 16 17
18 19 20 21 22
23 24 25 26 27
28 29 30 31 32
33 34 35 36 37
38 39 40 41
Gorgojos peludos:
amarillo 42 43
44 45 46 47 48
pardo 49 50 51
52 53 54 55
Escarabajo
capricornio 56
57 58 59 60 61
62
Mariposas: alas
desplegadas 63
64 65 66 67 68
cerradas 69 70
71 72 73
Chinches de
bosque:
adulta 74 75 76
77

ninfa 78 79 80
81
Cucaracha
silbante 82 83
84 85 86
Miriápodo gigante
87 88 89 90 91
Araña
gasteracanta 92
93 94 95
Insecto palo 96
97 98
Libélula
emperador 99
100 101 102
103 104
Gorgojo jirafa 105
106 107 108
Platelminto
rayado 109 110
111 112
Libélula carmesí
113 114 115
116
Lémur de cola
anillada 117
Boa azul
arborícola 118

Todo un espectáculo 10-11

Escarabajo del follaje 1 2 3 4 5 6 7 8 9
Araña errante 10 11
Insecto espina 12 13 14 15 16 17 18 19 20 21
Mariposa hamadríade 22 23 24 25
Insecto zancudo 26 27 28 29 30
Chinche de colores 31 32 33 34 35 36
Escarabajo arlequín 37 38 39 40 41 42 43
Saltamontes 44 45 46
Chinche de la corteza 47 48 49 50 51 52 53
Hormiga podadora 54 55 56 57 58 59 60 61 62 63 64 65 66 67 68 69

Escarabajo hércules 70 71 72 73
Mariposa morfo 74 75 76 77
Saltamontes: negro y amarillo 78 79 80 amarillo, negro y rojo 81 82 83
Oruga de la esfinge nocturna 84 85 86 87 88
Insecto asesino 89 90 91 92 93 94 95
Tapir 96

Entre los árboles 12-13

Araña gladiadora 1 2 3
Grillo 4 5 6 7 8
Polilla bogong 9 10 11 12
Mariposa amarilla de la hierba 13 14 15 16 17 18 19 20 21 22 23 24 25 26 27 28 29 30 31 32 33 34 35
Oruga de la polilla emperador 36 37 38 39
Araña volante 40 41 42 43
Mariposa monarca 44 45 46 47 48
Chinche de bosque 49 50 51 52 53 54 55 56 57
Oruga blanca 58 59 60 61 62 63
Insecto palo gigante 64 65 66 67
Hormiga bulldog

68 69 70 71 72 73 74 75 76 77 78 79
Araña de Sydney 80 81 82 83
Oruga de la polilla procesionaria 84 85 86 87 88 89 90 91 92 93 94
Viuda negra 95 96 97
Larva de la mosca tentredínida 98 99 100 101 102 103 104 105 106
Polilla emperador 107 108 109
Bandicut 110

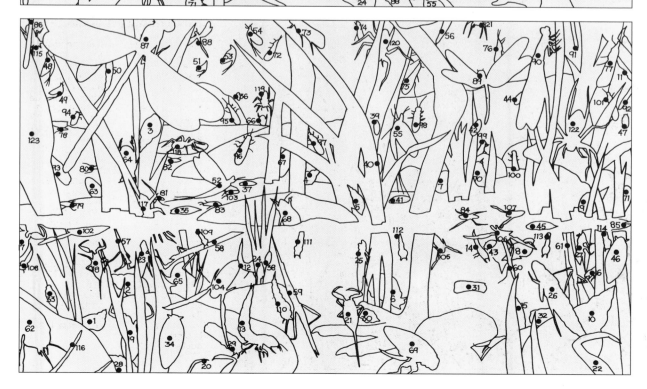

Un mundo acuático 14-15

Caracol de charca 1 2 3 4 5 6 7 8 9 10 11
Larva del ditisco marginado 12 13 14 15 16
Escorpión acuático 17 18 19 20 21 22
Ninfa de la libélula 23 24 25 26 27
Larva del frígano 28 29 30 31 32
Escarabajo girinos 33 34 35 36 37 38 39 40 41 42 43 44 45 46 47
Mosca de mayo 48 49 50 51 52 53 54 55 56
Insecto palo acuático 57 58 59 60 61
Ditisco marginado 62 63 64 65 66 67 68 69 70 71
Frígano 72 73 74 75 76 77
Tejedor 78 69 80 81 82 83 84 85

Caballito del diablo 86 87 88 89 90 91 92
Mosca de las piedras 93 94 95 96 97 98 99 100 101
Notonecto 102 103 104 105 106 107
Larva de mosquito 108 109 110 111 112 113 114
Araña pescadora 115 116 117 118 119 120 121 122
Gran garza blanca 123

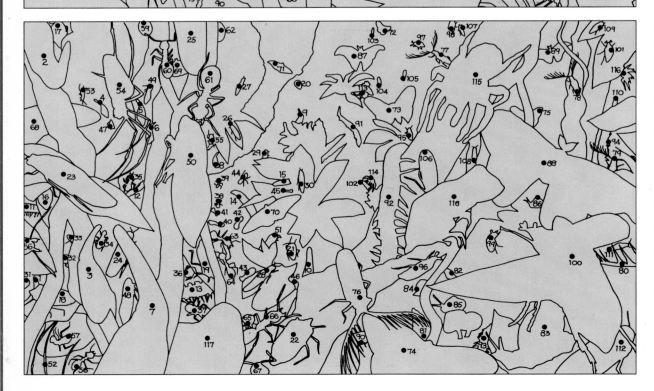

En un claro del bosque
16-17

Escarabajo capricornio 1 2 3 4 5 6 7
Escarabajo enterrador 8 9 10 11 12 13 14 15 16 17
Avispón 18 19 20 21
Mariposa emperador 22 23 24 25 26 27
Barrenillo de la corteza 28 29 30 31 32 33 34 33 36 37 38
Babosa 39 40 41 42 43 44 45
Araña cangrejo 46 47 48
Tábano 49 50 51 52
Esfinge nocturna del álamo 53 54 55 56 57
Abejorro 58 59 60 61

Mosca bailarina 62 63 64 65 66 67 68 69 70 71 72 73
Libélula saeta 74 75 76
Caracol de bosque 77 78 79 80 81 82
Típula 83 84 85 86 87 88 89 90
Hormiga roja 91 92 93 94 95 96 97 98 99 100 101 102 103 104 105 106 107 108 109 110
Ciervo volante macho 111 112 113 114 115 116
Erizo 117

La vida de las marismas
18-19

Caracol arborícola 1 2 3 4 5 6 7 8 9 10 11 12
Mariposa virrey 13 14 15 16 17
Cangrejo terrestre azul 18 19 20 21 22 23 24 25 26 27 28 29 30 31
Libélula zurcidora verde 32 33 34 35 36
Saltamontes marismeño 37 38 39 40
Araña pescadora 41 42 43
Mariposa cebra 44 45 46 47
Larva de la mosca enana 48 49 50 51 52 53 54
Belóstomo acuático gigante 55 56 57 58
Araña saltadora 59 60 61

Mosquito 62 63 64 65 66 67 68 69 70 71 72 73 74 75
Cangrejo violinista 76 77 78 79 80 81
Pavón ío 82 83 84 85 86
Caracol ampollario 87 88 89 90 91 92 huevos 93 94 95
Tejedora dorada 96 97 98
Caimán 99

En el corazón de la selva
20-21

Insecto fulgor 1 2 3 4 5 6 7 8 9 10
Miriápodo plano 11 12 13 14 15
Chinche de bosque 16 17 18 19 20 21 22
Escarabajo irisado 23 24 25 26 27 28 29 30
Termita 31 32 33 34 35 36 37 38 39 40 41 42 43 44 45 46
Chicharra 47 48 49 50 51
Araña nefila 52 53 54 55
Hormiga tejedora 56 57 58 59 60 61 62 63 64 65 66 67
Mariposa alas de pájaro 68 69 70 71
Polilla loepa 72 73 74 75
Escarabajo cerambícido 76 77 78 79 80

Caracoles: amarillo 81 82 83 marrón 84 85 86
Mariposa nocturna atlas 87 88 89
Ciempiés rojo 90 91 92 93 94
Escarabajo sanjuanero 95 96 97 98 99 100 101
Luciérnaga 102 103 104 105 106 107 108 109 110 111 112
Migala caza-pájaros peluda 113 114 115 116
Orangután 117
Rana verde arborícola 118

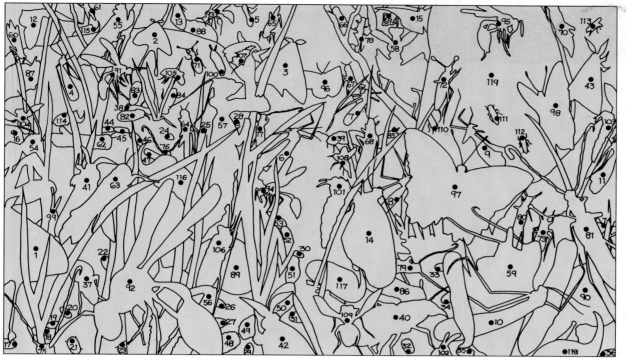

Minisafari africano 22-23

Cometa africana
1 2 3
Insecto colgante 4
5 6 7 8 9 10 11
Mariposa monarca
12 13 14 15
Escarabajo
necrófago 16 17
18 19 20 21 22
23 24 25 26 27
28 29 30 31 32
33 34 35 36
Escarabajo
bombardero 37
38 39 40
Polilla
procesionaria
41 42 43
oruga 44 45 46
47 48 49 50 51
52 53
Mantis religiosa
54 55 56 57 58
59
Langosta 60 61
62 63 64 65 66
67 68 69 70
Mosca de ojos
pedunculares 71
72 73 74

Escarabajo
capricornio 75
76 77 78 79 80
81
Insecto asesino
africano 82 83
84 85 86
Caracol terrestre
africano 87 88
89 90
Avispa albañil 91
92 93 94 95
Mariposa cola de
golondrina 96
97 98
oruga 99 100
101 102 103
Mosca tsé-tsé
104 105 106
107 108 109
110 111 112
113
Escarabajo
rinoceronte 114
115 116 117
118
Kudú 119

El termitero 24

Cámara de
hongos 72 73
74 75 76 77
Obrera llevando
hojas 78 79 80
81 82 83 84
Soldado 85 86
87 88 89 90 91
92 93 94 95 96
97 98 99 100
101 102 103
104
Larva 105 106

107 108 109 110
111 112 113 114
115 116 117 118
119 120 121 122
123 124 125 126
127
Cámara de
incubación 128
129 130 131
Rey 132
Reina 133
Cerdo hormiguero
134

La colmena 25

Reina 1
Zángano 2 3 4 5 6
7 8
Obreras:
alrededor de la
reina 9 10 11
llevando polen
12 13 14
alimentando
larvas 15 16 17
Obrera pasando
comida 18
Celdas:
con polen 19 20
21 22 23 24 25
26 27 28

con huevos 29
30 31 32 33 34
35 36 37 38 39
40
con larvas 41 42
43 44 45 46 47
48 49 50 51 52
53 54 55 56 57
con miel 58 59
60 61 62 63 64
65 66 67 68 69
70 71
Ratón 135

GOSHEN PUBLIC LIBRARY
3 9531 00121 1688

Sp.
Lang.
J
595.7
YOU

Young, Caroline.
Los animalitos

W   9/29/03

índice

"¿Tienes buena memoria?" Página 27. Respuestas: 1C 2E 3C 4B 5E 6A

Copyright © 1997 Usborne Publishing Ltd., 83-85 Saffron Hill, Londres, EC1N 8RT, Gran Bretaña.
Copyright © 1998 Usborne Publishing Ltd en español para todo el mundo. ISBN: 0 7460 3428 8 (cartoné) ISBN: 07460 3437 7 (rústica)

El nombre Usborne y el símbolo 🎈 son Marcas Registradas de Usborne Publishing Ltd. Reservados todos los derechos. Bajo las sanciones establecidas en las leyes, queda rigurosamente prohibida, sin autorización escrita de los titulares del *copyright*, la reproducción total o parcial de esta obra por cualquier medio o procedimiento, comprendidos la reprografía y el tratamiento informático, así como la distribución de ejemplares de la misma mediante alquiler o préstamo públicos. Impreso en España.
DL: BI - 2080-98